뜻밖의 낱말

뜻밖의 낱말

문무학 시조집

뜻밖에

시인의 말

열 번째 시조집이다. 문단에 나와 서성인 지 어언 40년이 지났다. 시집 권수는 게으름 피우지 않았다 할 수 있을 만큼 되지만, 제대로 된 작품은 그에 미치지 못해서 착잡한 심정이다. 그런 심정을 달래느라 나름 정성을 들이고 집중해서 바라보는 한글 관련 소재로는 『낱말』, 『홑』, 『가나다라마바사』에 이은 네 번째 시조집이 된다.

1부는 '주소 시편' 이다. '주소' 라는 낱말에 내 몸과 마음, 그리고 내 문학과 정신이 있는 곳을 생각해 본 것이다. 그 어떤 일이든 주소를 바르게 파악해야만 있어야 할 자리에 바르게 있을 수 있다는 말을 해보고 싶었다. 그 주소 파악이 제대로 되지 않아서 그런지 모르지만 나의 모든 주소는 언제, 어디서든 어정쩡한 것 같다.

2부는 이 시집의 중심이 되는 '뜻밖의 낱말' 이다.

사전이 풀이하는 낱말 고유의 의미 밖에 있는 의미를 찾아서, 그 낱말의 다른 얼굴을 보고 싶었다. 이 작업을 통해서 낱말은 시대의 집이고, 시대를 가장 예민하게 감각하며, 시대 변화가 낱말을 통해 온다는 사실을 깨달을 수 있었다. 낱말, 그것은 시대정신의 결정체였다.

3부는 낱말보다 더 많은 뜻을 품은 문장부호를 시화한 것이다. 2017년부터 시행되고 있는 한국어어문 규범의 문장부호는 21개. 규범 변경 전에 썼던 작품들 중 규범이 변경된 것은 그 사항을 반영하여 개작하지 않을 수 없었다. 시조집 『낱말』에서 다 하지 못했던 '문장부호 시로 읽기' 를 모두 마친 셈이다.

4부는 '시인이 겪은 코로나 열아홉 고개' 라는 부제목으로, 3년여 코로나19 세월을 시조로 지은 것이다. 코로나19, 그전엔 알지 못했다. 사람을 만나서 악수하고 마스크 없이 대화하는 것이 얼마나 소중한 것인지를……. 열아홉 번을 생각해도 안타까움뿐이었고, 열아홉의 열 배쯤 우리 삶을 바꾸어 놓았다. 그 바뀜을 따라가며 돌아보고 내다 본 흔적이다.

열 번째 시조집에 실리는 시조를 쓴 기간은 암담과 변화가 태풍으로 몰아쳤던 시간이다. 코로나19는 '암담暗澹' 이란 말보다 훨씬 더 캄캄했고, 그 캄캄한 속에서 변화는 '급변急變' 이란 말보다 엄청 더 빨랐다. 그 암담과 급변 속에서 사람과 사람 사이가 벌어졌다. 그 벌어진 틈을 이 시집이 0.1mm라도 좁힐 수 있다면 얼마나 좋으랴. 그런 턱없는 꿈을 꾸면서 이 시집을 묶는다. 시조집의 작품에서 마침표를 모두 지웠다. 마치고 싶지 않아서…….

2023. 6. 30.
송하석경재에서

차례

3. 문장부호 시로 읽기

4. 시인이 넘은 코로나 열아홉 고개

1

주소 시편

시조의 주소

문화국 예술특별시 문학구 정형시로 3-6

인생의 주소

젊을 적 식탁에는 꽃병이 놓이더니
늙은 날 식탁에는 약병만 줄을 선다

아! 인생

고작 꽃병과 약병
그 사이에 있던 것을……

묻는다
- 나이의 주소

귀찮게 오던 전화 뚝 끊긴 그날부터
전화기 고장 났나 열두 번 더 만지는데
반가운 전화가 와서 부리나케 받았다

받으니 여론조사 그마저도 고마워서
60세 이상이면 6 자 눌러 달라길래
조금도 망설임 없이 6 자 꾸욱 눌렀더니

- 이번 조사대상에 해당되지 않습니다
그게 무슨 말인지 모를 리야 있겠냐만
이런 건 노인 학대가 될까 말까 묻고 싶다

역주행

- 마음의 주소

!나랬그 걸 볼겨당 번한 행주역 참것그
다인보 안 이국자발 니보아돌 득문
서와려달 큼만 릴달 라따 빛불 등호신

욕 권하는 주소*

지번 주소가 도로명으로 바뀌고 나서부터
우리 집 주솔 물으면 난 욕할 수밖에 없다
대구시 동구 능성 1길
18
우리 집의 주소다

욕할 게 많은 세상 끙끙 참고 사는데
주소만 물어주면 욕해도 괜찮으니
살면서 이만한 복도
흔한 것은 아니지

주소를 확인하는 공공기관 숙녀들은
능성 1길 일팔, 또는
열여덟, 하는데
이 주소 아니었다면
경험 못 할 일이지

* 개작

2

뜻밖의 낱말

뜻밖의 낱말 · 1
- 아내

'아내는 ㅁㅁ이다' 빈칸을 채우라면
봄·여름엔 모르다가 늦은 가을 저녁답에

아! 내다

문득 깨달은
그 말밖에
없어라

늣밖의 낱말 · 2

- 뉘우쁨

'뉘우쁨' 은 고운 옛말
'왜 그랬지' 그 근처다
왜 그랬지
왜 그랬지
두어 번 되읽으면
뉘우쁨
스며들어서
내가 내게 부끄럽다

사랑한다 그 말은
왜 그리 아꼈으며
용서의 사전은
왜
들추지 않았는지
뉘우쁨
흐르는 밤에
별빛도 다 숨는다

뜻밖의 낱말 · 3
- 사랑

품사에
속지 마세요

명사 아닌
동사예요

뜻밖의 낱말 · 4
- 봄날 봄길

봄날에 보네 보네 산의 봄, 들의 봄을
꽃잎에 비친 속살 환하게 다 보이네
이 봄에 보이지 않는 건
그대 마음 그뿐이네

봄길을 걷네 걷네 산 봄길 들 봄길을
들길은 파릇파릇 산길은 푸릇푸릇
이 봄에 푸르지 않은 건
내 마음 그뿐이네

뜻밖의 낱말 · 5
- 버섯

가린 것 하나 없고 감춘 곳도 하나 없이
다 벗고, '벗었다' 의 '다' 자 하나 숨겨서

버섯은
버섯이 되어
야함에서 벗어났다

뜻밖의 낱말 · 6

- 홍청망청

연산군의 업적이다 유산이다 교훈이다
채홍사는 동서남북 분홍 찾아 들이고
폭군은 홍청에 싸여 정사를 다 버렸다

장녹수의 업보다 교만이다 교활이다
수청 들어 얻은 권력 청탁에 쏟고 쏟아
엄청난 욕심의 키가 망청 높이 찔렀다

홍청 연산 망청 녹수 또 있어 될 일인가
언제고 잊지 말라 잊어선 안 된다고
홍청에 망청을 붙여 홍청망청 새겼다

뜻밖의 낱말 · 7
- 절경

능성 1길 그 골목을 유모차로 가는 할머니

“안녕하세요”

인사하면 볼 주름 깊게 파서

“누궁고, 모리겠는데 인사해죠, 고맙소”

뜻밖의 낱말 · 8
- 얼핏

'얼핏' 은 좌우당간
보는 건,
보는 거지만

'빤히' 나
또 '한참'
바라볼 수 없는 거다

얼굴의
핏기이니까
얼른 보고 마는 거야

뜻밖의 낱말 · 9
- 꿈꾸다

'꿈꾸다' 란 움직씨엔 통 큰 권유 들어있다

꿈 없이 사는 것
그게 어찌 삶이냐며

꾸어서 꾸어서라도
꼭 꾸라고

'꿈꾸다'

다

뜻밖의 낱말 · 10
- 착하다

착한 건 싼 게 아니고 싼 건 다 착하지 않다
사람 사이 착착 붙어 살맛 내는 착함인데
값싼 걸 착한 것으로 착각하게 하지 마라

싸구려를 착한 가격, 착한 가격 하다 보면
쓴맛뿐인 세상에 고명으로 얹히는
착함의 값이 떨어져 버려질까 두렵다

모든 것을 돈으로만 환산하는 자본주의
말이 착해져야 세상 착해지는데
말까지 돈으로 봐야 속이 시원하겠느냐

뜻밖의 낱말 · 11
- 혼짬

혼밥에 혼술이면 혼살이라 할 만하고
말살이도 구색이라 꼭 끼울 말 있는데
혼자서 있는 시간을 혼짬이라 하고 싶다
혼때나 혼시간, 혼짬에 혼겨를까지
혼시도 한 번쯤은 생각해 볼 만하지만
혼자와 궁합 맞는 건 아무래도 혼짬이다
혼자 있는 시간이 나쁘진 않다 해도
그 시간은 짬 같아야 살아갈 수 있을 듯한
아, 그런 바람도 살짝 묻혀두자 혼짬에
혼자 있는 그 시간은 혼이 오는 시간이다
혼자라서 쓸쓸하다 혼자라서 서글프다
그 말은 아껴두어라 해야 할 때 따로 있다
버리진 않았어도 잠시 놓친 혼을 찾아
어깨를 토닥이고 가슴으로 품어봐라
혼짬의 오롯한 맛을 알고도 남을지니
혼 없는 그 시간이 어찌 네 시간이랴
버린 시간이고 빼앗긴 시간이다
진정코 설워할 시간은 혼짬 아닌 그때다

뜻밖의 낱말 · 12
- 바닥

바닥은 절망해야 할
그런 곳이 아니다
바닥, 바닥이라서
더 떨어질 곳은 없고
오로지
희망만 있는
가능성의 땅이다

바닥에 있을 때는
천장을 바라보고
바닥에 있을 때는
바다를 생각하며
기다림
배워야 한다
바닥에 있을 때는

뜻밖의 낱말 · 13
- 왜가리

왜가리는 현장에서 시위하는 꾼이다
왜? 가리
왜? 가리
구호를 외치면서
습한 땅 농성장 삼아
텃세하는 텃새*다

왜가리는 회색 옷의 고집 센 스님이다
왜? 가야 하는지를
화두로 물고 서서
두리번
두리번거리며
왝, 왝 경經을 읊는다

가는 일도 머무는 일도 쉬운 일은 아니다
갈 수 없어 머물고
머물 수 없어 갈 테지만
왝 왝 왝

울음소리로 포기 않는
왜?가리

* 북부에 사는 번식 집단은 겨울이면 남쪽으로 이동하나 남부의 집단은 주로 정착하여 텃새로 산다.

뜻밖의 낱말 · 14
- 상화의 라일락

봄날은 올락 말락 라일락 필락 말락 그 시절에 떠난 님아 봄 오는가 묻던 님아 서성로 13길 뜨락 라일락이 핍니다 그 겨울에 기울어져 바로 서지 않는 것은 빼앗긴 들의 수모 잊지 못할 당부란 걸 라일락 꽃 필 적마다 꽃잎 받아 새깁니다

뜻밖의 낱말 · 15
- 면봉

면봉은 아무래도 잘못 지은 이름 같다
부드러운 솜으로 된 막대가 아니다
솜으로 아주 믿다간 큰 코 다칠 일 생긴다

귀가 간지러워 면봉 잠시 썼는데
나 참 기가 차서 귀에다 샘을 팠다
그 면봉 꺾어 버렸다 팍, 죽여 버렸다

뭐 이런 게 다 있어 솜이라 믿었는데
간지러운 그것이나 그냥 달랠 일이지
그 누가 물을 달랬나, 샘은 왜 파는 거야

요즘은 면봉 같은 위장술이 횡행해서
걱정이 태산보다 더 높아지려는데
머잖아 들킨단 생각 안 하는가 못 하는가

뜻밖의 낱말 · 16
- 강

'강' 이란 글자는 '가' 자字 아래 'ㅇ' 〔찬성표〕다
가자 아래로, 아래로만 가자는 뜻
오로지 아래로 가서 강은 강이 되었다

어디로가 아니라 어떻게를 주제 삼아
낮게 더 낮게 낮출 대로 낮춰가도
큰 바다 이른다는 걸 강은 알고 있었다

금호강도 낙동강도 흘러흘러 길어지고
산 돌고 들을 돌며 넓을 대로 넓어져서
유유히 출렁거리며 깊을 대로 깊었다

세상사 잡다해도 '긍정' 엔 'ㅇ' 〔좋다〕 둘
낮은 곳 스며들며 넉넉히 품다 보면
강이란 글자를 닮은 사람 되지 않겠느냐

뜻밖의 낱말 · 17
- 삶

삶이 무엇인지 모른다고 하지 마라
사람, 사람 자꾸 외면 삶이 다가오느니라
'삶' 자는
'사람'을 줄인 그런 글자 아니냐

왜 사는지? 모르겠다 그런 말도 말아라
사람과 사람 사이 걸어보면 알잖아
사람이
삶의 내용이야
사람밖에 없는 거야

몰라서 삶이니라 몰라서 사람이니라
삶도 사람도 모르도록 짜인 것을
알려고
안달을 하니
삶이 그래 아프니라

뜻밖의 낱말 · 18
- 일흔

일흔 나이에는 '나' 란 말 잊어야 한다
아쉽고 서럽고 분하고 안타까워도

잃은 듯
살아가라고
그러라고 일흔이다

뜻밖의 낱말 · 19
- 무싯날

무싯無市날은 예삿例事날 예삿날은 무심無心날
무싯날은 예사롭고 예삿날은 무심한데
늙는 건 무심한 날이 많아진다 말이다

무싯날엔 그 어디 갈 곳도 없어져서
일 없고 사람 없고 있는 것 하나 없고
오로지 있는 거라곤 늙고 있는 그뿐이다

그래도 무싯날은 저절로 깊어져서
까닭을 짚어보고 샅샅이 헤쳐도 보면
허허허虛虛虛 웃음소리가 왜 허虛한지 알게 된다

뜻밖의 낱말 · 20
- 기다림

'기다림' 이란 글자는 잘 찍힌 사진 같다

그 무얼 기다리느라
목을 저리 빼드는지

맨 끝의
'림' 자는 글쎄
디딤돌도 디뎠다

뜻밖의 낱말 · 21
- 갈팡질팡

도대체 나이란 건
얼마를 더 먹어야

갈 길 바로 걸어
바른 곳에 이르는지

지팡이
짚을 나이도
갈팡질팡 여전하다

뜻밖의 낱말 · 22

- 늚

늚을 죄로 알던 시대의 유산 안고
터벅터벅 걸어서 황혼에 접어드니
가난은 놀아서 지은 그런 죄가 아니네

놀지도 않았다면 벗어야 했을 남루를
이리도 다정하게 평생을 함께하지만
내일엔 달라지리라 그 희망을 맡기네

뜻밖의 낱말 · 23
- 빚투에 영끌

말뜻으로 부동산은 움직이지 않는 거다
그런데도 뛰고 뛴다 그것도 턱도 없이
본성을 벗어던졌다 부동이란 본성을

똘똘한 한 채 위해 결혼도 위장하고
빚투에 영끌이니 낱말까지 흐트려서
정신이 사는 집까지 들쑤시고 말았다

바람 든 풍선이 삼천리를 몰아쳐도
아파트를 빵처럼 구워낼 수 없다는*
무대책 그보다 못한 헛발질만 해대니

뻗고 뻗고 또 뻗어도 손은 닿지 아니하고
아파 아파 아파도 트지도 못하는 것을
날마다 더 멀어지는 영혼 밖의 꿈이여

* 국토교통부장관은 2020. 11. 30. 국회 현안보고에서 "아파트가 빵이라면 밤을 새워서라도 만들겠지만 그럴 수가 없다." 고 했다.

뜻밖의 낱말 · 24
- 과속방지턱

턱이 없다는 건 얼굴이 없다는 것이다
멀쩡한 턱을 갖고 턱없는 짓을 한 건
턱 있는 내가 아니다 턱을 잃은 다른 나다

그 낮은 과속 방지턱 넘을 때 생각났다
길은 마구 달리라고 긴 것이 아니라
턱 없이 달리다 보면 턱만 잃고 만다는 걸

오로지 빨리빨리 달려온 길 돌아보니
길보다 긴 회한이 구불구불 휘어있고
그 길엔 아무도 없다 따라오는 사람 없다

천천히 걸어올걸 그랬어도 괜찮을걸
읽던 책에 그어놓은 밑줄 같은 이 생채기
지우고 살 수 있어야 턱이 생겨날 것을

뜻밖의 낱말 · 25
- 시인

'시인'을 줄여 쓰면
'신'이 될 수 있는데

그 신은 귀신 신神 아닌 새로울 신新이다

오로지
새로워야만
시인 되고
신 된다

뜻밖의 낱말 · 26
- 불경기

삼계탕집 주인 양梁 씨
점심시간에 세차한다

그 참, 삼계탕을
끓여야 할 시간인데,

아, 그래
세차가 아니다
세심洗心이 맞겠다

뜻밖의 낱말 · 27
- 파와 피

여든 줄 노부부가 모자 쓰고 수건 쓰고
파 한 고랑 묻혀있는 밭떼기 복판에서
동그래 마주 앉아서 김매기를 하고 있다

지나가다 물어본다
- 이 파 파는 거예요?
흐뭇한 웃음 물고 묻힌 파 바라보며
- 아이라, 새끼들 줄 거야
- 안 팔아, 안 팔아

거참, 파는 팔아야 이름값 할 것 같구먼
'파' 자의 점 하나 떼면 '피' 자 되기 때문일까
새끼가 돈보다 먼저 그 손사래 절경이다

뜻밖의 낱말 · 28
- 쩝쩝

모르고 사는 것이
하 많은 세상이지만

유모차의 용도가
바뀐 줄 내 몰랐네

젖먹이 타던 그 차에
강아지들 타는 걸

뜻밖의 낱말 · 29

- 아홉산에서

아홉산* 숲에 들어 아홉 줄 문자 찍어
열 명은 너무 많고 여덟 명은 적은 듯해
꼭 아홉 사람에게만 안부 삼아 보낸다

친하다 서먹해진 높은 자리 그놈에게
사실은 부러워서 시샘했다 고백하고
돈 많은 그놈에게도, 시 잘 쓰는 그놈께도

나 이제 모든 시샘 바람의 길에 쏟아
밟을 건 밟아 뭉개고 날릴 건 후후 불어
열까지 다 세지 않고 아홉에서 멈춘다고

* 부산 기장군 철마면 미동길, 골짜기 아홉을 품어 아홉산으로 부르는 산이 있고, 그 산 숲속에는 '바람의 길' 로 명명된 산책로가 있다.

뜻밖의 낱말 · 30
- 어떤 거리

오랜만에 원고료 5만 원 입금된 날
저녁놀 붉을 쯤에 우편함 열었더니
앗! 뜨거, 악어 한 마리 아가리 쩍 벌린다

신호 위반 과태료 7만 원에 벌점까지
실업자가 무에 그리 바쁠 일이 있어서
신호를 위반했을까 '거참' 말곤 할 말 없네

몇 날 며칠 끙끙대며 써서 받은 원고료와
악의 없이 신호 놓쳐 내야 하는 범칙금
그 거리 하도 멀어서 허리가 휘청하네

원고료로 내는 벌금 그 어디에 쓰이는가
배고픈 사람들의 한 그릇 국밥 된다면
일부러 일부러라도 위반할 수 있으련만……

뜻밖의 낱말 · 31
- 오종종하다

기막히는 형용사다 소름이 확 끼친다
'오종종' 이게 대체 글자인가? 그림인가?
물음표 오종종하게 달고 싶어 죽겠다

뜻밖의 낱말 · 32

- 행복과 항복

그대여 행복해라 문자 한번 보내고 싶어
행복을 치려는데 항복 자꾸 찍힌다
몰랐다 행복과 항복이 멀리 있지 않다는 걸

항복은 행복에서 줄 하나 버린 낱말
지는 게 이기는 거란 귀 따갑게 들은 그 말
왜 그리 가슴 밖으로 밀치기만 했을까

해가 지는 것도 도는 지구에 지는 거고
꽃이 지는 것도 도는 계절에 지는 건데
그것참 머쓱해지네 어허 쯧쯧 그것참

항복을 단 한 번도 아름답게 본 적 없고
이기는 게 무조건 행복이라 믿었으나
이긴 게 하나 없으니 미안하다 행복아

뜻밖의 낱말 · 33

- 웃프다

연속극에 나오는 말 한마디 참 얄궂네

말도 많고 탈도 많을 이런 저런 결혼 조건 그중에 뭐니 해도 머니가 최고란 말 한글 영어 동음이의 말 재미로 들었는데 결혼하는 아가씨가 생글생글 혀를 굴려 인물보다 건물 하니 귀 좀 닦고 싶었는데 인물에도 건물에도 똑같이 물 자 붙어 물물이란 말이 되어 말맛 날 듯하지만 말맛은 어디 가고 건물만 우뚝 서네 변하는 세상살이 변하는 세상인심 다 담아낼 그런 말이 말 세상이 제 아무리 넓고 또 넓다 해도 있겠나 싶었는데, 있으려나 했는데

웃프다
참 웃픈 말이
건물처럼 들어섰네

뜻밖의 낱말 · 34
- 5월 21일

부부란 우리글은 앞도 없고 뒤도 없다
한날한시 어른 되니 위아랜들 있겠는가!

두 음절 한 글자 쓰듯 그리 살란 뜻이리

뜻밖의 낱말 · 35
- 군것

세월은 찰나라도 군것지지 않았는데
세상은 곳곳마다 군것, 군것투성이다
그 속에 군소리 많은 내가 우뚝 서 있고

뜻밖의 낱말 · 36
- 돌파감염

감염돌파 바랐는데 돌파감염 느닷없다
돌파의 앞뒤 자리 바뀌었을 그뿐인데
희망이
실망되었다
그 실망엔 희망 없고

이 세상이 저세상으로 바뀌질까 두렵다
백신의 받침 하나 떨어졌을 그뿐인데
백신은
배신을 하고
그 배신엔 백신 없고

뜻밖의 낱말 · 37

- ~르르 벚꽃

화르르 타오르다
하르르 떨어져서
보르르 날리다가
포르르 휘날리며
까르르 웃음 접으며
사르르 사라지던

주르르 돌담 위에
바르르 떨어져서
도르르 말리다가
또르르 구르다가
다르르 떨고 떨다가
스르르 스러지는

조르르 늘어앉고
쪼르르 줄도 서고
자르르 윤기 뿜어
차르르 멋 부리고

따르르 유행 좇으며
파르르 타올랐던

아르르 아린 세상
오르르 떨던 추위
짜르르 자린 삶에
바르르 성질 쏟고
빠르르 잰걸음 쳐도
'~르르' 벗꽃 닮고 마네

뜻밖의 낱말 · 38
- 2%

꽃병과 약병 사이 인생이 있다는 '인생의 주소'라는 시 한 편 발표했더니

누군가 그 작품을 인터넷에 올리고 그걸 본 또 누구가 누구에게 전해줘서 선배와 친구와 그리고 또 후배가 내게로 문자 날려 축하의 말 전하는데 후배는 엄지 척 이모티콘 보내오고 친구는 덤덤하게 축하한단 말 썼는데 애주가 선배님이 내리신 말씀 한 줄 허, 허 꽃병보단 술병이 훨씬 낫지 아차 그러네, 술병이 더 시적이네 술 못 먹어 그렇다는 핑계는 핑계일 뿐

내 시는 늘 이따위로 2% 모자랐다

뜻밖의 낱말 · 39
- 별

하늘에 뜨는 **별**에 견줄 수야 없지만, 땅에도 이런저런 **별별 별**이 다 있다

어쩌다가 서로 갈려 떨어지는 이**별**에 인사라도 나누고 헤어지는 작**별**에 섭섭하고 안타까워 애가 타는 석**별**에 소매잡고 울부짖는 차마 못 볼 메**별**에 기약도 약속도 팽개치는 결**별**에 잘났다 고개 쳐든 그 똑똑한 분**별**에 오래전에 헤어져 기억 삼삼 구**별**久別에 아 다르고 어 달라서 나눠지는 구**별**區別하며 갖가지란 **별별**에 아주 다른 특**별**에, **별별 별**이 다 있는데 싹수 싹둑 잘라야 할 그런 **별**도 있으니

이 **별**도 저 **별**도 아닌 차별 그것 아닌가

뜻밖의 낱말 · 40
- 몽따다

몽따는 건 뽕을 따는
갑순이 마음이다

밭두렁의 갑돌이
못 본 척 해보지만

가슴은 콩콩 콩다닥
사랑 타작 하고 있다

뜻밖의 낱말 · 41
- 바람고개

봄 깊은 팔공산의 바람고개 넘노라니 바람으로 불어 넘어 바람이 된 그 사람 잊힌 듯 잊히지 않고 고개마루 섰누나 바람 많은 바람고개 바람만큼 많던 사연 바람이 꽃이 된단 얄궂은 전설처럼 오늘은 푸른 물푸레 흰 향내로 오누나

뜻밖의 낱말 · 42
- 안전과 완전

안전과 완전은
뜻이 다른 말이지만

안전해야 완전하고
완전해야 안전해서

온전한 형제 되려고
'전' 자 항렬 따른다

뜻밖의 낱말 · 43
- 돈

가난한 자 손에서는
빨리 돌아 나가고

가진 이 손에 들면
돌지 않고 멈춘다

돌아야 돈이 되는데
돌다 멈춰 '독'이 된다

뜻밖의 낱말 · 44
- 띠앗과 씨앗

글자도 발음도 아주 많이 닮았지만
띠앗은 추상이고 씨앗은 구상이다
싹터야 하는 것으로 괄호 안에 묶이고

띠앗이 있어야만 형제자매 손을 잡고
씨앗이 있어야만 식물은 대 이으니
앗! 하면 힘이 모이는 그 까닭이 읽힌다

뜻밖의 낱말 · 45
- 언걸먹다

젠장, 먹을 만큼 먹고도 몰랐었고
화나고 억울해도 먹는 줄도 몰랐다

그렇다
말을 모르면
잘 먹어도 고프다

3

문장부호 시로 읽기

문장부호 시로 읽기 · 11
- 줄표(—)

제목 다음 그 자리가 아무래도 불안해서
앞과 뒤에 줄 하나씩 떡하니 거느리고
제목을 받쳐 올리는 제 할 일을 다한다

문장부호 시로 읽기 · 12
- 붙임표(-)

이어지는 내용들 하나로 묶어내고
관련이 있는 것은 친하다는 표를 내어
손잡듯 붙어 지내며 문장 위에 나선다

문장부호 시로 읽기 · 13
- 물결표(~)

어디서 어디까지 언제부터 언제까지
부터에서 까지, 까지 그런 범위 안에는
망설임 붙어 살아서 물결이 일고 인다

문장부호 시로 읽기 · 14
- 가운뎃점(·)

닿소리도 아니고 홀소리도 또 아닌
작은 점 하나로 문장 속에 버텨 서서
앞뒷말 높고 낮음을 평평하게 고르는

왼쪽도 오른쪽도 앞도 뒤도 없애고
작아도 한가운데 또렷하게 떠올라서
작아서 맵다는 고추 그 맛을 보여주는

문장부호 시로 읽기 · 15
- 쌍점(:)

동그랗고 뚜렷한 점 포개듯이 찍어서
시와 분을 구분하고 장과 절을 나눠주며
친절한 설명 더불어 말 나눔도 거든다

하나로선 못 할 일을 쌍이라서 해낸다
앞말 뒷말 그 무게 팽팽하게 달아서
쏠리지 않을 그만큼 꼭 맞추어 앉힌다

문장부호 시로 읽기 · 16
- 빗금(/)

빗금은 비가 긋는 빗줄기의 이름이다
시의 행 이어 갈 때 슬며시 끼어들어
빗소리 연상하라고 비스듬히 누웠다

'비' 자와 '눈' 자 사이 빗장 걸듯 빗금 치면
비와 눈이 묶인다, 묶여도 각각이다
달라도 같은 듯하고 같아도 또 다르다

금액과 갯수個數 사이, 숫자와 숫자 사이
빗금 한 줄 그으면 값이 되고 분수 된다
비스듬 누운 듯해도 산수算數에선 똑바르다

문장부호 시로 읽기 · 17
- 중괄호({})

이래 써도 괜찮고 저래 써도 괜찮은 것
여러 개 늘어놓고 그 하나를 써도 좋은
그럴 때 중괄호 쳐서 중심을 잡아낸다

문장부호 시로 읽기 · 18
- 대괄호(〔 〕)

괄호 안에 괄호가 또 하나 필요할 때
고유어에 대응하는 한자어를 써야할 때
커다란 괄호 하나로 굳건하게 뭉쳐낸다

문장부호 시로 읽기 · 19

- 홑낫표 (「 」), 홑화살괄호(〈 〉)

시와 노래 그리고 그림의 제목 앞뒤
낫이나 화살 하나 걸어놓고 있는 것은
목숨의 다름 아니란 그런 뜻이 들었다

문장부호 시로 읽기 · 20
-겹낫표(『 』), 겹화살괄호(《 》)

낫과 낫 합쳐서 겹낫을 만들고
화살과 화살 합해 겹화살을 만들어
책 앞뒤 나란히 세워 그 생각을 지킨다

생각 담은 책과 신문 공격받을 일이 많아
허술한 방어로는 무너질 위험 있다
낫표와 화살괄호를 겹으로 쓴 까닭이다

문장부호 시로 읽기 · 21

- 빠짐표(□)

빠진 건 빠진 것이지 없는 것은 아니다
원래는 있었지만 시간에 묻혀버린
돌아올 탕자를 위해 방 만들어 둔 거다

4

시인이 넘은 코로나 열아홉 고개

비말

마스크 꼭꼭 쓰고 살아야 하는 까닭
어쩌면 비말飛沫 아닌 비非말 때문 아닐까
거짓말
흰소리들이
횡행하고 있으니

하늘이 듣다 보니 좀스럽고 민망해서
그만 좀 하라고 입부터 막고 보자
그 대책
바로 세운 게
'마스크 쓰GO' 아닐까

흰소리엔 흰 마스크 거짓말엔 검은 마스크
흰 것이 검어지고 검은 것이 하얘져야
마스크
벗어던지는
그런 날이 오겠지

마스크 쓰GO

귀는 정말 귀한 일 많이도 하고 있다
오로지 듣는 일로 그치는 줄 알았는데
안경에 마스크 걸고 이어폰도 끼운다

근로자가 이 정도면 노동 착취 갑질이고
페이도 열정 페이 아니라는 말 못 하지
듣는 일 그만으로도 기본은 다 하는 건데

'마스크 쓰GO 운동' 세계어가 되어서
'쓰GO' 를 '쓰지오' 로 읽을 수도 있지만
쓰고든 쓰지오이든 간호사 귀 더 아프다

이 시가 또 그렇게 쇠귀에 경이 돼도
귀한 것은 귀하게 가꿔야 한다는 말
마스크 꼭 쓰고라도 해야 하지 않을까

방콕 집콕

'콕' 이란 부사 앞에 방이 붙고 집이 붙어
방에 콕 집에 콕 박혀야만 하는 것은
사람의 뜻이 아니다 신의 뜻도 아니다

집콕이란 시쳇말엔 우울한 역사 있다
방콕에는 나름나름 유사 낭만 있었지만
집콕엔 어림도 없다 답답해서 좀 쑤신다

확찐자가 입던 옷이 작아지는 작아격리*
콕 콕 위리안치 가시가 숭숭하다
탁 하며 열리는 날을 꿈꾸기도 어렵다

이 형벌도 웃으며 말할 날이 오긴 올까
가는 척 하더니만 가다가 또 다시 와서
집집이 콕 콕 또 콕 콕 야무지게 박히니

* 작아격리: 코로나19로 집에 있는 시간이 많아지다 보니 자연스럽게 운동량이 적어 옷이 작아졌다는 의미를 담고 있다. 자가격리와 그 발음이 비슷한 데서 만들어진 말.

코로나 블루

우울이란 낱말은 울음의 길목에 있다
우 우 더듬거리다 이내 울에 이르러서
울음을 쏟기 직전에 서성이는 것이다

우울의 자매 같은 음울은 또 어떤가
앞뒤 글자 바꾸면 그만 울음이 되어
기어이 걷잡을 수 없이 쏟아지고 말 것 같다

우울은 음울 안고 음울은 침울에 기대
울화통을 지고 와서 턱 하고 부려놓으니
울적이 번지는 세상 어이 울 적 없으랴

우울에서 음울로 움울에서 침울로
'울' 자로 이어지다가 울컥울컥 치솟는
울음을 쏟지 못해서 울음보다 깊어진다

돌밥돌밥

밥하고 돌아서면 또 밥한다 돌밥돌밥
하는 이 돌밥이고 먹는 이 밥돌이라
돌밥에 지친 사람아 따라 돌진 말아라

돌밥돌밥 그 새말이 입에 착착 붙어서
말이 참 맛있게 입 안 돌돌 구르잖아
돌밥이 지겨워져도 말맛으로 먹어라

마스크 벗어놓고 맘 편히 외식하는
그런 날도 오리라 돌밥하고 돌밥 먹어
든든한 그 밥심으로 지지 말고 버텨보자

코비디보스*

사람은 말을 하고 짐승은 소리 지른다
남자의 큰소리 여자의 잔소리는
말 아닌 소리가 되어 짐승이 되게 한다

사람은 집에 살고 짐승은 산에 산다
여자의 잔소리 남자의 큰소리는
사람이 살아가는 집 동굴이 되게 한다

잔소리와 큰소리는 섞이는 게 아니라
잔 것은 잔 것대로 큰 것은 큰 것대로
제 갈 길 가고 말아서 메아리가 없어진다

* Covid-19와 이혼(Divorce)의 합성어
사회적 거리 두기와 재택근무 확대로 이혼이 증가한 것을 반영한 신조어.

전시장 풍경

- 20200218

한문 교수 이 모 씨의 정년 기념 시서전 정중한 초청 받고 축하하러 가야지 작정하고 있는데 그날 오전 느닷없이 초청 취소 문자 왔다

평생에 처음이고 마지막인 일을 맞아 회고 한 번 하려는데 하필이면 그날에 2020년의 2월도 18일에 청할 리 결코 없는 코로난가 그 뭔가가 전시장에 올까 봐서 초청 취소 그 마음이 얼마나 쓰렸을까 안타까워 했는데 100이 넘는 축하객이 여, 저기서 오고 왔네, 초청 취소했으면 안 오는 게 상식이고 그만한 건 알아도 너무 잘 알 사람들이 왜 이렇게 많이 오나 의문 아니 들 수 없고, 대구엔 코로나가 18일에 처음 와서 이 코로난 19 아닌 18로 부르는 게 맞지 않을까 그런 생각하고 있는데, 이 교수 마이크로 감격해서 하는 말이 목숨 걸고 와 주셔서 고맙고 또 고맙고 거기다 덧붙여서 못 잊을 거라는데, 글쎄 자기가 뭐 '못 잊어' 시인 소월도 아니면서 정말로 안 잊을까, 정치판이 아니니까 믿어보긴 하겠지만 의심 아니 할 수 없

고, 또 하나 궁금증이 생기는 게 있으니 오지 말란 문자보다 오란 초청 정중해서 그래 갔을 뿐인데, 오직 그래 갔는데 목숨 걸고 왔다니 나는 또 속으로 턱도 없는 소리 마라 내 목숨 왜 여기 거나, 그것도 모르면서 학생 어이 가르쳤나

개막식 끝날 무렵에 착, 착 달라붙은 의문 하나 의심 하나 그리고 궁금 하나, 전시장 둘러볼 때 쫄쫄 따라다니다가 집까지 따라와서 밥도 같이 잠도 같이, 그날 이후 코로나가 광풍으로 몰아쳐서 1주하고 또 1주일 쫄고 쫄고 쫄았는데, 쫄고 쫄고 쫀 게 바로 코로나 바이러스 변종인 것 같아라

공연장에서

마스크 끼고 앉아 무대를 바라본다
옆자리 비어서 편하긴 하다마는
하프를 켜는 여인의 어깨 낮게 처졌다

무희의 마스크는 선을 따라 움직이고
가수의 노래는 악보를 따라가지만
청중은 극장의 적막 마음으로 읽는다

소리치는 배우야 그게 틀린 대사라도
나무라지 않으리니 소리치고 소리쳐라
이 시대 모든 공연은 외침만이 제격이다

그전엔 알지 못했다

희미하다 어둑했고, 어둑하다 캄캄했다
네게로 갈 수 없고 내게로 올 수 없어
그전엔 알지 못했다 오가는 게 삶인 걸

마주 앉아 웃으며 국밥을 말아 먹던
혀가 자꾸 떠올리는 그때 그곳 그 맛을
그전엔 알지 못했다 함께함이 기쁨인 걸

반가운 널 만나도 악수하지 못하고
주먹 쥐는 이 마음이 이리도 쓰린 것을
그전엔 알지 못했다 네가 곧 내 힘인 걸

침 튀기며 해야 할 말 마스크로 막고 보니
그때 그 말 아낀 것이 이리도 서러울 줄
그전엔 알지 못했다 말이 곧 나눔인 걸

거리 두기

사회적 거리 두기, 참 얄궂고 희한한 지침, 코로나19에 대해 아는 것도 도울 일도 조금도 없는 내가 오로지 할 수 있는 건 거리 두기뿐이라서 상 준다면 상 받을 만큼 참 잘하고 있는데

팔공산 자락에서 양 그림을 그리며 화백이라 부르면 성을 내는 화가 한 분, 느닷없이 전화해서 "가는 길에 우체국에 내가 맡긴 마스크 찾아가라", "거리 두기 하고 있어 괜찮아요" 했더니 "그래야, 날 보고 형이라고 부를 것 아냐", "그래요, 그러면……" 못 이기듯 찾아오고, 중국 자주 왕래하는 연극배우 미스터 박 중국에서 마스크가 많이 왔다면서 몇 장이나 드릴까? 묻는 전화 또 왔네, "고맙다, 나는 됐다, 더 급한 데 갖다 줘" 하고 나니, 내가 누굴 준 것도 아닌데 내가 꼭 누구에게 준 것 같은 기분 들고, 그 무렵에 또 한 느닷, 소식 한참 뜸했던 후배 한 명 찾아와서 손세정제 한 아름을 탁자에 턱 부리며, 시내엔 고깃집이 문을 다 닫아서 먹을 데가 없다며 "팔공산 속 그

어디든 고기 먹으러 가요" 하는, 못 말리고 참 못 말릴 이런 사람 있는데

난 정말, 사회적 거리만 두면 되는 줄 알았더니, 아니네, 아니었네, 내 생각이 참 짧았네, 늘 이러고 살았으니 한심하기 짝이 없네, 내가 둔 사회적 거리는, 괜찮게 사는 일과는 너무 멀리 있는 거네, 너무 멀리 온 것이네

당해도 싸지

세상에서 밀려나며 세상이 날 밀어내도 나는 안 밀릴 거야 하는 그따위 심정으로 신숭겸 장군 유적지 앞 팔공보성2차 아파트 상가의 점포 하나 세 얻어서 문화콘텐츠 21이란 회사도 아니고 연구소도 아닌 어정쩡한 간판 하나 붙여놓고 마누라 잔소리 피난처로 삼으며 오전에 들고 저녁에 나면서 읽고 쓰고 억지로 재미 내며 사는데

아 글쎄! 어느 날 오후 남녀 2인 1조의 구청 공무원이 찾아와서 여기가 도대체 무얼 하는 곳이냐고 진지하게 묻길래 별일이 다 있다 싶어 왜 그러냐 물었더니, 코로나19 확진자 많은 신천지 교회 성경 공부방에 문화라는 말을 많이 붙이는데, '문화콘텐츠 21' 이란 간판이 붙었으니, 그럴지도 모른다는 신고가 들어와 현장 조사를 나왔다나 뭐라나, 하기사 십몇 년을 지나도 무얼 하는 곳인지 알 수가 없었을 테니 그럴 만도 하겠다 싶은데, 어쨌든 여기는 나 혼자 공부하는 방이라 해도 통 믿는 느낌이 들지 않아 한참을 고민하

다 하는 수 없이 포털 사이트 네이버에 들어가서 내 이름을 치고 살아온 길을 보여주니 그제야 그런가 보다 싶은 느낌을 보이며 뒤통수 긁적이며 돌아갔다

그렇다 문화란 말 함부로 갖다 붙여 고상한 척 하더니 그 말 쓴 죗값으로 당해도 싼 것에 그치지 않고 그것참 쌤통이다 쌤통이다 그것참

백신 · 1차 접종

송 형의 전화 오고 박 형의 전화 오고
나는 또 이 형에게 전화해서 물어본다
백신을 어떡하냐고 맞느냐고 아니냐고

누가 딱 부러지게 답을 할 수 있으련만
주사 한 방 맞는 거로 이런 수다 처음이다
믿을 건 나밖에 없다 예약부터 하고 보자

이 험악한 봄의 끝날 5월도 31일
왼팔 걷어 올리고 눈 한 번 깜빡였다
이리도 싱거운 접종 6주 후에 다시 또

겁먹으며 맞은 백신 아무렇지 않아서
맞은 건지 안 맞은 건지 분간이 안 서지만
6주 후 2차 접종을 기다리게 되었다

음성

8/9 코로나19 검사결과 음성입니다

그야말로 몇 년 만에 상 한번 받게 돼서 시상식에 가려는데, 코로나19 검사 결과 증명서를 갖고 와야 한대서 병원 가서 검사받고 결과 기다리는데, 음성 아닌 양성이 나왔다 해도 결정된 수상자 바뀔 리 없고 그렇다고 상금이 깎일 일도 없는데, 왜 이리 마음이 제자리를 못 잡는지 내가 봐도 인간 덜된 꼬락서니 총천연색 시네마스코프다 나 아닌 그 누가 이 영화를 본다면 얼마나 같잖아할까? 싶지만 그래도 그런 것은 그런 것 음의 성질이라, 밖으로 드러나지 아니하는 성질이고, 소극적이며 내숭스러운 성질이라는 뜻을 가져 결코 아름답다 할 수 없는 이 말을 이리도 간절히 기다리고 있었으니 코로나19가 이제 국어사전에까지 침투하여 낱말의 뜻까지 바꾸어 버릴 기세니

아이쿠! 이 일 어쩌나 정말 이 일 어쩌나

뭘 할지를 몰라서

달마다 빠짐없던 대학 동창 월례회를
한 달 넘기고 또 한 달을 넘기면서
궁금한 서로의 안부 전화로만 묻는 세월

이럴 때 읽으면 좋을 듯한 책들 찾아
친구 취향 생각하며 보내려고 하는데
주소를 알 수가 없네 이러고도 친군가

휴대폰 문자 보내 주소를 달라 해서
책 한 권 보내나니 읽어보라 권해본다
뭔가를 해야 하는데 뭘 할지를 몰라서

대화를 삼가며 살아가는 이 시간에
고맙단 문자 받고 생각 조금 짚어보니
내 할 일 없진 않겠다 코로나 시절에도

얄궂은 선물

김 시인이 설 선물로 마스크를 보내왔다 한두 장도 아니고 열 장 스무 장도 아니고 무려 수백 장을 통째로

얄궂다 나이 들어가면서 쓸데없는 소리 그만 좀 하라는 은유인가 그렇다 해도 그게 못 할 일도 아니고 그리 알면 될 일이지만, 코로나19가 물러갈 줄 모르고 마스크 대란이라는 희한한 대란 겪으면서 약국 앞에 줄서고 주민등록증 보이며 일주일에 한두 장씩 애걸복걸 감지덕지 그리 샀던 마스크 그걸 생각하면 이걸 덮을 선물 어디에도 없는데 그 좋은 선물 받고 왜 이리 가슴이 콱 막혀오나

- 김 시인, 보낸 마스크 다 쓰란 뜻 아니지

희망의 언어

코로나가 몰고 온 세상의 이 어둠을
코로나가 끌고 온 세상의 이 아픔을
너와 나 우리가 되어 밝히고 달래보자

어둠에 불 지피고 아픔까지 견뎌내면
어둠도 아픔도 빛으로 뻗으려니
그대여! 가슴을 열어 이 하루를 건너가자

희망 하나 나누면 둘이 되고 셋이 되고
아픔도 나눠 가면 함께할 수 있을지니
세상의 어둠과 아픔 나눔으로 풀어내자

2m 앞에서

사랑한다 그 말이 들리긴 한다마는
내 사랑 네게 차마 전할 수가 없어라
2미터 사이를 두고 네가 있고 나 있으니

사랑할 수 없는 세상 그게 어찌 세상이리
46센티미터* 그 친밀한 거리 밖에
몸 두고 맘만 보내니 그 아니 서러우냐

* 인류학자 에드워드 홀이 '근접공간학'에서 말하는 지극히 사적인 영역의 친밀한 거리.

봄날의 언어

코로나19 가고 봄이 오면 누부야
청보리 넘실대는 고향 한번 가보자
엄마가 게 먼저 와서 기다릴지 모른다

고샅길에 발 들이면 호미 든 울 엄마가
그만 그 논두렁에 털퍼덕 주저앉아
- 야들아 우짠 일이고 너거가 우짠 일고

니 손 잡고 내 손 잡고 허리 굽은 울 엄마가
- 아침에 감낭게서 까치가 울어쌓티
- 너거가 이래 온다고 그래 울어 댔구나

- 밥은 문나 우쨌노 온다고 배고프제
- 쑥 한 움큼 캐놨다 쑥국 끓여 밥 묵자
- 야들아, 너거가 온께 사람 사는 집 겉다

- 야들아 뭐라카노 그 얄궂은 돌림빙에
- 오도 가도 못하고 너거도 참 답답했제

- 그래도 너거가 괜찮은께 얼매나 다행이고

- 어지는 웃담에 너거 친구 순이가
- 친정에 왔다 가미, 니 안부를 묻더라
- 오거든 전해 주꾸마 그카고 보냈다

누부야 고향 가면 울 엄마가 이러겠제
읽을 만큼 읽어 보고 쓸 만큼도 써봤는데
울 엄마 사투리보다 더 좋은 시 없더라

줌 토론

셋째 주 월요일 늦은 일곱 시 되면 그달에 읽었던 책 한 권 들고 나와 이런 문장 좋더라, 읽고 나니 어떻더라, 더러는 답답하고 어떨 땐 속 시원하더라 그리고 또 이렇더라 저렇더라 등 등 등 이런 말에 저런 말로 대꾸하며 놀던 토론회

코로나19 땜에 만날 수 없게 되자 처음엔 카톡에다 문자 올려 해봤지만 죽도 밥도 안 되어서 줌 토론을 시작했네, 카톡보단 나은데 넘어야 할 산이 높아 얼굴이 잘 보이면 소리가 안 들리고 소리가 잘 나면 얼굴 안 보이니 웃지 못할 웃을 일이 한두 가지 아닌데 여러 번 해 봐도 입장 못 한 회원 있더니, 그것도 자주 하니 잘 놀게 됐지만

아무리 좋다고 해도 얼굴 보고 노는 재미, 그 재미를 어이 당해

작품 해설

문무학의 문무학文武學

- 시조로 쏘아 올린 세 개의 화살

김태경*

* 김태경: 2014년《열린시학》평론, 2017년〈매일신문〉신춘문예 등단, 평론집『숲과 기억』, 시집『액체 괴물의 탄생』이 있음.
* 2020년《정형시학》봄 호에 게재된 원고를 저작권자와 협의하여 수록함.

발시

자세가 올바르다. 활을 당기는 줌손을 과녁 머리에 박아 놓고 뒷죽을 어깨까지 움직여 당겨야 함이 마땅한데, 문무학 시인은 이 자세가 좋다. 자세는 마음에서 오는 것. 시조 문학에 대해 고민하는 참된 진심을 그의 자세에서 엿볼 수 있다. 또한 자세는 지난한 세월과 연습에서 오는 것. 1949년생인 그는, 1981년 『시조문학』에 「회소곡」, 「도회의 밤」으로 2회 추천이 완료된 후, 지금까지 40년 이상 시조를 쓰고 있다. 오랜 시간 시조를 쓰면서 상재한 시집이 9권이나 되니, 그가 시조 쓰기에 대해 얼마나 집중했는지 가늠해 보게 된다.[1)]

---

1) 문무학 시인이 상재한 시집으로, 제1시집 『가을거문고』(대일출판사, 1983), 제2시집 『설사 슬픔이거나 절망이더라도』(백상, 1989), 제3시집 『눈물은 일어선다』(그루, 1993), 제4시집 『달과 늪』(만인사, 1999), 제5시집 『풀을 읽다』(만인사, 2004), 제6시집 『낱말』(동학사, 2009), 제7시집 『홑』(학이사, 2016), 제8시집 『누구나 누구가 그립다』(학이사, 2017), 제9시집 『가나다라마바사』(학이사, 2020)가 있다.

그래서 그가 시조로 쏘아 올린 화살은 대개가 명중이다. 여느 시인과 차이가 있다면 과녁일 것이다. 그가 정한 과녁은 특별하고 유의미하며 재미가 있다. 그의 작품이 대중적으로 사랑을 받는다면, 아마 이에 근거하리라. 이쯤 되면 우리는 문무학 시인이 만든 '차이'라는 단어에 궁금증을 던질 수밖에 없다. 그의 시 세계를 온전히 파악할 수는 없겠지만, 몇 편의 자전적 시론[2]을 통해, 시조를 알고 이해하기 위해 걸어온 그의 여정과 노력을 더듬어볼 수 있을 것이다. 문무학 시인이 시조로 쏘아 올린 많은 화살 중, 세 개의 특별한 화살을 만나보자.

---

2) 문무학, 「한국 정형시 실험 역사와 새로운 정형시 모색 양상」, 『홑』, 학이사, 2016, 257~319쪽.
______, 「한국 정형시의 주소를 검색하다」, 『누구나 누구가 그립다』, 학이사, 2017, 115~127쪽.
______, 「청바지 시론」, 『시조시학』 통권 73호, 고요아침, 2019, 93~103쪽.
〔《정형시학》 34호(2022년 봄 호에 수록)에 함께 보내온 「나의 시조, 나의 시론」도 참고하였다.〕

화살 1: 새로운 생각 → 도전과 실험정신

시조시인이 가장 많이 듣게 되는 질문은 '왜, 시조를 쓰는가?' 일 것이다. 문무학 시인은 "참 당황스러울 정도로 집요했고 줄기찼"던 물음에 대해 답을 마련해 보았다. 첫째, 시조보다 더 나은 문학 형식을 창조할 수 없어서, 둘째, 시조를 쓰면서 우리 삶의 절제를 배울 수 있으므로, 셋째, 시조와 한글이 잘 만나면 위대한 문학 작품이 탄생할 수 있으리라는 믿음 때문에. 시조 창작에 대한 이유를 마치 시조의 삼 장처럼(그의 말을 빌려) 세 가지로 정리하였다. 그래도 무언가 부족하다 싶어, 문무학 시인은 대학원에 진학하여 본격적으로 시조를 공부했다. 그리하여 『한국 근대시조론 연구』로 석사 학위를, 『시조비평사 연구』로 박사 학위를 받았다. 박사 논문인 『시조비평사 연구』는 『시조비평사』(대일, 1997)라는 단행본으로 출간되어 많은 후속 연구자들이 시조 문학에 대해 깊이 있게 공부할 수 있도록 길을 열어주었다. 그 밖에도 그는 「신문세계, 신문계의 시조 연구」, 「일제강점기 유이민 시조 연구」, 「조남령 연구」, 「조운 연구」 등의 소논문을 게재한 바 있다. 또 평론을 집필하기 시작하여 자성적인 담론을 펼치면서 시조 전문 평론가가 부족한 시조 문단에 기여하였다.

이처럼 시조시인이면서 시조문학 연구자이기도 한 문무학 시인은 그동안 스스로 쌓아온 학문적 지식을 토대로 자전적 시론을 발표하기도 했다. 그중 2019년에 발표한 「청바지 시론」에서, 청바지가 지닌 다섯 개의 상징을 '새로운 생각, 노동, 자유, 저항, 유니섹스'로 제시하고, 이를 "시가 가야 할 길의 이정표"라고 언급하였다. 문무학 시인이 말한 다섯 개의 상징 중 첫 번째 항목인 '새로운 생각'을 눈여겨볼 만한데, 이것이 그의 작품 창작에 가장 큰 특징으로 드러나기 때문이다.

> 존재하는 그 모든 것들은 고정된 것이 아니라 변화할 수 있다는 생각을 할 수 있어야 한다. 그래야만 시인의 시야가 넓어져 속을 들여다볼 수 있고, 뒤집어 볼 수도 있으며 다르게 생각할 수도 있다. **다르게 생각하기**, 그리하여 뽑아내는 새로운 것들 그것이 청바지에 있는 것이다.[3](강조표시: 필자)

세상에 존재하는 모든 것은 변화할 수 있다. 시조도 그렇다. 그렇게 다르게 생각하기. 여기에서 문무학의 시조는 '차이'를 형성하고, 그만의 새로움으로 탄생하게 된다. 그 기저에는 도전과 실험정신이 놓여있다. 논란을 불러올 수밖에 없는 다음 작품만 해도 그렇다.

---

3) 문무학, 앞의 글, 2019, 97쪽.

문화국 예술특별시 문학구 정형시로 3-6

-「시조의 주소」 전문

이 작품은 본래 문무학 시인의 시론 「한국 정형시의 주소를 검색하다」의 부제 '문화국 예술광역시 문학구 시조로 3-6' 에서 '단장시조(절장시조)' [4]로 수정한 것이다. 여기에서 '문화, 예술, 문학' 은 변하지 않고, 시조가 '정형시' 로 바뀌었다. 그의 시론에 따르면[5], '문화' 는 "제 나라 글자가 있어야 하고 제 나라만의 시 형식이 있어야 한다"라는 두 가지 요건이 구비되어야 하고, "이 두 가지 조건을 갖춘 나라에 사는 사람들은 문화국민" 이라고 말할 수 있다. 한국전쟁기 전후에 태어나서 재건기를 지나온 세대가 흔히 그러하듯 민족주의 의식이 드러나는 언표이기도 하다. 다음으로 '예술' 은 아름다움을 최고로 여기되, "그것 이외에는 별로 신경 쓰지 않" 고, "정치적인 것을 싫어" 한다. 오직, 아름다움의 창조에만 몰두하는 것을 의미한다. '문학' 은 "글을 통하여 인간이 인간답게 사는 길" 을 모색하는 생각을 말한다. 문학은 소통을 바탕으로 하여 서로의 상처를 보듬어 준다. 또한 "한없이 가벼

4) "이명길의 실험으로 종장만으로 쓰는 작품을 말한다. 지금은 단장시조라는 말이 더 많이 쓰이지만 이명길은 절장시조라고 불렀다." ______, 앞의 글, 2016, 279~280쪽.

5) 문무학, 앞의 글, 2017, 115~116쪽.

워지고 내달리기만 하는 세상에 추를 달기도 하고 브레이크를 밟으라고 권하"는 것도 문학이 하는 일이라고 부연한다. 끝으로 '시조'는 "수령 700년이 넘"는 "울울창창 고목"과 같으며, "전통을 최고의 가치로 생각하는 사람들"이 쓴다.(시조시인은 전통을 최고의 가치로 여겨 시조를 쓰기도 하지만, 전부가 그런 생각으로 시조를 쓰는 건 아니라고 생각한다. 필자 포함하여.) 강조하자면, 인용시 「시조의 주소」는 문학과 시조에 대한 문무학 시인의 관점이 집약된 '한 줄짜리 시론'인 것이다.

「시조의 주소」는 주제적인 측면에서 자신의 시론을 담았다는 데에도 새로움을 표방하지만, 가장 먼저 눈에 들어오는 것은 형식적인 측면이었을 것이다. 이 작품이 종장으로만 구성된 단장시조이기 때문이다. 그가 단장시조를 쓰는 일이 어색하지는 않다. 문무학 시인은 이미 단장시조만 수록한 시집 『홑』을 발간한 이력도 있다. 그리고 이 책의 끝에는 「한국 정형시 실험 역사와 새로운 정형시 모색 양상」이라는 또 한 편의 시론이 수록되었다. 이 글은 "새롭지 않은 것은 예술의 이름을 얻기가 어렵"고 "그 무엇을 창조한다는 것은 실험이라는 과정을 거치지 않을 수 없다"라는 전제로 출발한다. 문무학 시인은 바쇼, 이싸, 부손 등의 작품에서 영감을 얻고 짧은 시에 관심을 갖기 시작했다.(「시인의 말」, 『홑』) 그리고 우리 시조에도 형식 실험으로 탄생한 양장시조, 단장시조, 반시조가 있다는 것을 떠올렸으며, 2000년대 초부터 시조의 종장만으로 쓴 작품을 발표했다. 문무학 시인은 짧은 시에 매료되었고, 그럴수록 한 음절(홑말)로 된 낱말까지도 좋아졌다. 그래서 시집 『홑』은 모두 한 음절로 된 제목들로 구성하였다. 그만의 특성이 잘 드러나는 사례라 하겠다.

'낱말' 에 대한 화제가 나왔으니, 문무학 시인이 줄곧 유지해 온 한글에 대한 남다른 애정을 언급하지 않을 수 없다. 한국 사람 대부분이 한글에 대한 자부심을 조금이라도 지니고 있으리라 추측한다. 전부는 아니겠지만, 한글로 글을 짓는 시인은 더욱 그러할 것이다. 그렇다고 모든 시인이 한글을 소재로 하여 시를 쓰는 건 아니다. 문무학 시인은 이에 착안하여 새로운 도전으로 한글을 소재로 한 시조를 발표하였다. 대표적인 결과물이 한글 자모 시집인 『가나다라마바사』다. 그의 노력은 세간의 주목을 받아 훈민정음 반포 575돌을 기념하여 한글학회로부터 올해의 국어운동 공로 표창 수상자로 선정되었고, 2021년 10월 8일 KBS '아침마당' 이라는 프로그램에 초대받아 자신의 문학관과 한글 사랑을 소개하였다. 그가 이런 가시적인 성과를 보이게 된 배경에는 새로운 생각을 밑바탕으로 한 도전과 실험정신이 있었다.

다음 두 인용시도, 한글을 음미하고 여기에 의미를

부여하여 미적으로 형상화한 예시이다. 우리말의 재미와 멋을 느껴보자.

부부란 우리글은 앞도 없고 뒤도 없다
한날한시 어른 되니 위아랜들 있겠는가!

두 음절 한 글자 쓰듯 그리 살란 뜻이리

- 「5월 21일 - 뜻밖의 낱말·34」 전문

화르르 타오르다
하르르 떨어져서
보르르 날리다가
포르르 휘날리며
까르르 웃음 접으며
사르르 사라지던

주르르 돌담 위에
바르르 떨어져서
도르르 말리다가
또르르 구르다가
다르르 떨고 떨다가
스르르 스러지는

조르르 늘어앉고
쪼르르 줄도 서고
자르르 윤기 뿜어
차르르 멋 부리고

따르르 유행 좇으며
파르르 타올랐던

아르르 아린 세상
오르르 떨던 추위
짜르르 자린 삶에
바르르 성질 쏟고
빠르르 잰걸음 쳐도
'~르르' 벚꽃 닮고 마네

-「~르르 벚꽃 - 뜻밖의 낱말·37」 전문

두 인용 시에는 '뜻밖의 낱말' 이라는 부제가 붙어 있다. '뜻밖' 은 "생각이나 예상을 하지 못함을 이르는 말" 을 의미하지만, 두 음절 사이에 휴지休止를 두면 '뜻 밖' , 즉 주어진 의미(뜻) 외(밖)의 또 다른 의미로도 풀이할 수 있지 않을까. 여기에서 파생되는 '또 다른 의미' 라 함은 시인이 작품 속에서 말하고자 하는 주제 의식이 될 것이다. 문무학 시인은 단순히 한글의 탐미에 그치는 게 아니라, 대상 언어의 형태와 사전적 의미에 사색의 과정 및 삶의 철학을 담아낸다.

「5월 21일 - 뜻밖의 낱말·34」는 '부부' 라는 단어를 탐색 대상으로 취하였다. 본래 부부는 '夫婦' 이므로 음절이 놓이는 순서가 정해져 있지만, 작품에서는 "부부란 우리글은 앞도 없고 뒤도 없다" 라고 전복한다. "한날한시 어른 되니 위아랜들 있겠" 느냐고 반문하면서,

종장에 이르러 두 음절이지만 마치 한 글자인 것처럼 그렇게 살라는 뜻이라고 전한다. 또 네 수로 구성된 「~르르 벚꽃 - 뜻밖의 낱말 · 37」은 흐름소리(유음)인 'ㄹ'을 반복적으로 사용하면서 벚꽃이 떨어지는 모습을 소리로 표현하고, 각 구에 '~르르'를 배치하여 음악적 효과를 드러내었다. 내용 면에서는, 첫수와 둘째 수에서 벚꽃이 흩날리는 모습을, 셋째 수에서는 벚꽃 구경을 나온 사람의 양태를 형상화하였다. 마지막 수에 가서는 '아린 세상'에서 추위에 떨기도 하고, 성질내면서 잰걸음으로 살지만, 종국엔 '벚꽃'을 닮아가는 인간 군상을 얘기한다. 이같이, 문무학 시인이 추구하는 한글의 미적인 탐색 과정에는 인간미도 함께 어우러진다는 사실을 알 수 있다.

그의 시조는 어렵지 않으면서도, 결코, 가볍지 않은 내용으로 우리말의 아름다움을 표현한다. 다음 작품도 그런 예 중 하나일 것이다.

> 코로나19 가고 봄이 오면 누부야
> 청보리 넘실대는 고향 한번 가보자
> 엄마가 게 먼저 와서 기다릴지 모른다
>
> 고샅길에 발 들이면 호미 든 울 엄마가
> 그만 그 논두렁에 털퍼덕 주저앉아
> - 야들아 우짠 일이고 너거가 우짠 일고

니 손 잡고 내 손 잡고 허리 굽은 울 엄마가
- 아침에 감낭게서 까치가 울어쌓티
- 너거가 이래 온다고 그래 울어 댔구나

- 밥은 문나 우쨌노 온다고 배고프제
- 쑥 한 움큼 캐놨다 쑥국 끓여 밥 묵자
- 야들아, 너거가 온께 사람 사는 집 겉다

- 야들아 뭐라카노 그 얄궂은 돌림빙에
- 오도 가도 못하고 너거도 참 답답했제
- 그래도 너거가 괜찮은께 얼매나 다행이고

- 어지는 웃담에 너거 친구 순이가
- 친정에 왔다 가미, 니 안부를 묻더라
- 오거든 전해 주꾸마 그카고 보냈다

누부야 고향 가면 울 엄마가 이러겠제
읽을 만큼 읽어 보고 쓸 만큼도 써봤는데
울 엄마 사투리보다 더 좋은 시 없더라

-「봄날의 언어」 전문

「봄날의 언어」를 읽고 난 후, 내면에서 율동하는 정적靜寂을 느낄 수 있었다. 깊은 강이 그렇다. 겉에서 보면 고요한데 속으로는 아련하게 느껴지는 슬픔이 조용히 흐르고 있다. 부재하는 '울 엄마'의 생동감 있는 목소리와 코로나19 팬데믹 상황, 언제 느껴봤는지 아

득하게 생각되는 봄날, 코로나19가 가는… 아직 오지 않은 미래, 기억 속에 있는 유토피아적 공간으로서의 고향. 이 다섯 가지 요소에 사투리가 곁들여지면서 인용시는 슬프면서도 감동을 주는 시조가 되었다. 사투리에는 그런 힘이 있는 것이다. 말이 살아 움직여 독자에게 전해지는 힘. 문무학 시인은 우리말의 미美와 더불어 한글의 가치를 시조 형식에 주조하겠다는 새로운 생각으로 창작에 임했다. 그것은 도전이었고, 성공이 보장되지 않는 실험이었지만, 그 용기에 보답이라도 하듯 그의 작품은 시조문학사에 유의미하게 기록될 것이다.

화살 2: 자유 → 비판적 안목과 저항

앞서 첫 번째 화살이 새로운 생각에서 시작하여 도전과 실험정신으로 향해가는 것을 보았다. 이는 문무학 시인의 시 세계를 넓히는 데 밑거름이 된다. 그 영토 위에서 두 번째 화살이 허공을 가르고 있다. 그 화살은 자유에서 출발한다. 자유는 모든 인간이 근원적으로 지향하는 욕망이고 마땅하게 주어져야 할 권리이다. 그러나 우리는 우리를 둘러싼 세계에서 자유가 쉽게 훼손당하거나 타인의 자유를 박탈하는 실례實例

를 어렵지 않게 목도한다. 왜 그런 일이 벌어지고 있는가. 문무학 시인은 시에서 진정한 자유를 노래해야 한다고 역설한다.

> 자유는 일반적인 의미로 "외부적인 구속이나 무엇에 얽매이지 아니하고 자기 마음대로 행동함, 또는 그런 상태"를 말하고 법률적으로는 법률의 범위 안에서 남에게 구속되지 아니하고 자기 마음대로 하는 행위, 철학적으로는 자연 및 사회의 객관적 필연성을 인식하고 이것을 활용하는 일로 풀이된다. 자유는 시대에 따라 내용이 달라지기는 하지만 **자유 없는 시를 상상할 수 없다.** 시는 인류의 자유 확장에 끊임없이 봉사해야 한다.[6](강조표시: 필자)

시가 자유를 말하기 위해서 화자는 질감이 거친 어조로 표현하거나 냉소적 태도를 보이기도 한다. "'시'가 이 세상의 악과 추함에 저항해야 하기"[7] 때문이다. 다음 작품을 보자. 문무학 시인의 비판적 안목이 드러나는 것을 발견하게 된다.

> 세월은 찰나라도 군것지지 않았는데
> 세상은 곳곳마다 군것들투성이다
> 그 속에 군소리 많은 내가 우뚝 서 있고

- 「군것 - 뜻밖의 낱말·35」 전문

---

6) 문무학, 앞의 글, 2019, 98~99쪽.
7) 상동.

자유를 추구하는 과정은 바른 의의意義 즉, 정의正義에 가까워지는 일이다. 그것은 한 개인이 지켜야 할 사람 사이의 올바른 도리, 또는 사회를 구성하고 유지하기 위한 공정한 방도이기도 하다. 그런데 세상은 곳곳마다 없어도 좋은 불필요한 게 많아서 거추장스럽다. "세월은 찰나라도 군것지지 않"아 우리에게 주어진 1분 1초가 소중한데 말이다. 초장과 중장은, 진리에 맞는 올바른 길을 향해 나가야 하지만, 군것인 다툼과 쓸데없는 말이 넘쳐 허송세월하는 인간군상을 비판적 안목으로 노래하였다. 그리고 종장에서 자기비판적 태도를 취하며, "군것들투성이"인 세상에 "군소리 많은" 화자 자신이 "우뚝 서 있"음을 고백한다. 화자는 비판의 잣대를 세상에만 드리우지 않았다. 자신에게도 책임이 있다는 사실을 시조의 핵심인 종장에 배치하여, 냉소적 어조로 자가 검열을 시도하였다. 진정한 자유와 정의를 지켜내기 위해 일차적으로 저항해야 할 상대는 '자기 안의 군것' 이며, 시인이 시론에서 언급한 대로 이를 시조 안에서 드러낸 것이다.

한편, 다음 작품에서는 "군것들투성이"인 세상사 중에서도 '차별' 에 대해 풀어낸다.

> 하늘에 뜨는 별에 견줄 수야 없지만, 땅에도 이런저런 별별별이 다 있다

어쩌다가 서로 갈려 떨어지는 이별에 인사라도 나누고 헤어지는 작별에 섭섭하고 안타까워 애가 타는 석별에 소매잡고 울부짖는 차마 못 볼 메별에 기약도 약속도 팽개치는 결별에 잘났다 고개 쳐든 그 똑똑한 분별에 오래전에 헤어져 기억 삼삼 구별久別에 아 다르고 어 달라서 나눠지는 구별區別하며 갖가지란 별별에 아주 다른 특별에, 별별 별이 다 있는데 싹수 싹둑 잘라야 할 그런 별도 있으니

이별도 저별도 아닌 차별인가 하노라

-「별-뜻밖의 낱말·39」 전문

인용시의 초장은 작품 제목과 같은 '별'로 시작한다. 하늘에도 별이 있지만 "땅에도 이런저런 별별 별이 다 있다"라고 화제를 던진 후, 사설시조의 입맛이 살아나도록 중장에서 '별'로 끝나는 두 글자로 된 단어들이 나열된다. 여기에서 사용된 단어들은 이별, 작별, 석별, 메별, 결별, 분별, 구별久別, 구별區別이다. 중장에서 속도감 있고 익살스럽게 풀어내던 사설은, 끝에 도달해서야 "별별 별이 다 있는데 싹수 싹둑 잘라야 할 그런 별도 있으니"라며, 참으로 하고 싶은 말에 대해 운을 뗀다. 그리고 연 구분된 종장에 이르러서 그 별이 바로 '차별'임을 강조한다. 요컨대, 화자는 차별 없는 세상을 꿈꾸는 것이다.

이 작품의 어조와 화자의 태도는 사설시조라는 형식과 맞물린다. 사설은 주제 의식을 드러내기 위해 잘

엮은 입말이며, 이 입말이 전개되는 동안에는 길을 돌아가는 듯한 기분이 들어도 종국에는 화살이 날아가는 듯 몰아쳐서 속이 후련해지는 뒷맛이 있어야 한다. 그래서 작품 말미에서 담고 있는 비판적 전언이 돋보이게 되는 것이다. 메시지에 따라 화자의 어조와 태도가 냉소적인 이유도 세상의 부정적 요소를 풍자하고 저항하기 위함임을 알 수 있다. 인용시는 이러한 사설시조의 특성이 시인의 날카로운 시선과 깊이, 숙달된 언어 표현과 잘 어우러진 예시라 할 것이다.

그런가 하면 문무학 시인은 현재 많은 사람이 보편적으로 느끼고 있는 좌절에 대해, 다음과 같이 담백하게, 하지만 뼈아프게 그려낸다.

감염돌파 바랐는데 돌파감염 느닷없다
돌파의 앞뒤 자리 바뀌었을 그뿐인데
희망이
실망되었다
그 실망엔 희망 없고

이 세상이 저세상으로 바뀌질까 두렵다
백신의 받침 하나 떨어졌을 그뿐인데
백신은
배신을 하고
그 배신엔 백신 없고

-「돌파감염 - 뜻밖의 낱말·36」 전문

전염병은 세계인의 자유를 박제시켰다. 이는 인간 스스로가 만들어 놓은 덫이기도 했다. 그래도 벗어나야 한다. 이 위기를 극복하기 위해 그 어느 때보다 모두가 힘을 모으고 있다. 백신 개발도 그러한 의지에서 실행된 것이다. 세계인이 백신 개발을 기다렸고 희망을 품었던 것도 사실이다. '감염돌파' 를 이뤄내고 싶었기 때문이다.

그러나 현실은 우리가 우려했던 대로 '돌파감염' 으로 돌아왔다. 모두가 꿈꾸었던 '희망' 은 '실망' 이 되었고, 그 실망의 끝에 '희망' 을 걸어둘 수 없는 형편에 놓였다. 그야말로 '백신' 은 'ㄱ' 자 하나 떨어져 나가 '배신' 이 된 것이다. 작품은 여기에서 끝난다. 이로써 인용시는 냉소와 더불어 희망을 말할 수 없다는 화자의 허탈함과 상심이 주요 정서를 이루게 되었다. 전염병으로 인해 박탈당한 자유와 건강한 삶을, 언제 되찾을 수 있을지, 현재로선 알기 어려우므로 많은 독자가 이에 공감하리라.

인간이 지향하고 지켜야 할 여러 가치가 있지만, 그 중에서도 자유의 영역은 유독 침범당하기 쉽다. 공공의 안위를 위한다는 명목에서든, 개인 간의 관계 내에서든. 그래서 더 자주 말하게 되는 것도 자유이다. 자유가 어떻게 훼손되고 있으며, 어떤 방식으로 지켜야 하는가라는 난문 앞에서 시인은 오늘도 시조를 짓는

다. 이것이 문무학 시인이 두 번째 화살을 쏘아 올리는 자세이다.

화살 3: 노동 → 내적 모럴

세 번째 화살은 노동의 자세에서 발시되었다. 난데없이 노동이라니. 무슨 의미인가. 다시, 그의 시론을 들여다봐야겠다.

> 청바지는 탄생부터 오늘날의 숙녀를 위한, 신사를 위한 의복은 아니었다. 노동 현장에서 일하는 사람들이 무조건 오래 입을 수 있도록 하는 것이 목표였던 옷이다. (…) 시가 열심히만 하면 되는 것이라면 위대한 것이 될 수 없을 것이다. 열심히 하는 것만으로는 이루어지지 않는 것이 있지만, **시인은 시를 열심히 써야 한다.** 시인이 시를 쓰지 않는데 좋은 시가 세상에 존재할 수는 없다. 그 노동의 정신이 시의 정신이 되어야 한다. 시에 그 정신이 푸르게 살아있어야 하기 때문이다.(강조표시: 필자)

시인이라면 시를 '마땅히' '열심히' 써야 한다. '열심히' 란 의미에 대해서 다시금 고민해 보게 되는데, 이를 두고 작품 쓰는 행위로만 이해한다면, 그 가치가 너무 협소해지는 게 아닐까. 그저 창작에만 몰두하여 양적으로 많은 작품을 세상에 내놓기만 한다면, 이는 그 시인만의 자기만족에 그치는 일이 될 것이다. '열심히'는 '생각 잘 열기'와 만나야 한다. 늘 손쉽게 그리게 되는 생각의 패턴을 뒤엎어 보는 '노동'(세계를 바라보는 시인의 새로운 시각, 남들이 표현하지 못하는 자기 언어)을 먼저, 실천해야 한다는 의미이다. 그래야 시인의 첫 시집과 두 번째 시집, 그리고 세 번째 시집이 모두, 별 특이한 바 없는 비슷한 작품들로 채워지는(재미없는 혹은 식상한) 일을 중지할 수 있다. 물론, 생각의 패턴을 뒤엎는 작업은 남들과의 차이를 형성하는 나만의 언어와 시 세계를 형성하는 기조基調가 되어야 한다. 문무학 시인이 구축한 시적 성과는 이를 현실화하기 위해 끊임없이 유의미한 노동을 해 온 결과라 할 것이다.

단언하자면, 시인도 노동을 한다. 문장 노동을 한다. 그렇지만 전업 시인으로서의 삶은 그다지 녹록하지 않다.

오랜만에 원고료 5만 원 입금된 날
저녁놀 붉을 쯤에 우편함 열었더니
앗! 뜨거, 악어 한 마리 아가리 쩍 벌린다

신호 위반 과태료 7만 원에 벌점까지
실업자가 무에 그리 바쁠 일이 있어서
신호를 위반했을까 '거참' 말곤 할 말 없네

몇 날 며칠 끙끙대며 써서 받은 원고료와
악의 없이 신호 놓쳐 내야 하는 범칙금
그 거리 하도 멀어서 허리가 휘청하네

원고료로 내는 벌금 그 어디에 쓰이는가
배고픈 사람들의 한 그릇 국밥 된다면
일부러 일부러라도 위반할 수 있으련만……

-「어떤 거리」 전문

저런. "몇 날 며칠 끙끙대며 써서 받은 원고료"가 단돈 5만 원인데, 그것도 오랜만에 받은 건데, 7만 원을 내야 하는 범칙금이 송부되었다. "실업자가 무에 그리 바쁠 일이 있어서/ 신호를 위반했을까"라는 자책이 웃프기만 하다. 문장 노동을 하는 시인이 자신의 작품에 이러한 현실과 생활세계에 대한 내적 모럴을 드러내는 건 자연스러운 일이다. 하지만 「어떤 거리 - 뜻밖의 낱말 · 30」은 어느 한 시인만의 사정이 아니다. 전업 작가들이 겪는 총체적인 어려움을 대변한다는 점에서 내적 모럴, 그 이상의 현실 고발적 특성도 드러나는 것이다.

또한 오랜 시간의 노동은 자신에게 그만큼의 만족감을 주지 않는다. 항상, 부족함과 부끄러움으로 자기를 에워싸기 마련이다. 다음 작품에서 시인은 고백으로써 지난날의 미혹함을 덜어내고 비움에 대해 얘기

한다.

아홉산 숲에 들어 아홉 줄 문자 찍어
열 명은 너무 많고 여덟 명은 적은 듯해
꼭 아홉 사람에게만 안부 삼아 보낸다

친하다 서먹해진 높은 자리 그놈에게
사실은 부러워서 시샘했다 고백하고
돈 많은 그놈에게도, 시 잘 쓰는 그놈께도

나 이제 모든 시샘 바람의 길에 쏟아
밟을 건 밟아 뭉개고 날릴 건 후후 불어
열까지 다 세지 않고 아홉에서 멈춘다고

-「아홉산에서」 전문

'아홉산'은 부산 기장군 철마면 미동길에 자리한다. 골짜기 아홉을 품어 아홉산이라 불리는데, 여기에는 '바람의 길'이라는 산책로가 있다고 한다. 인용시의 화자는 이곳에서 "밟을 건 밟아 뭉개고 날릴 건 후후 불어" 날리는 중이다. 그가 덜어내려는 것은 "친하다 서먹해진 높은 자리"에 있는, "돈 많은" 또는 "시 잘 쓰는" 타자에 대한 부러움과 시샘이다. 인간이 뿌리치기 힘든 미망을 "바람의 길에 쏟아"버리는 것이다. 그리고 꽉 찬 '열'까지 세지 않고 '아홉'에서 멈춘다. 이는 욕심과 욕망을 멈추려는 화자의 의지가 투

영된 행위이며, '아홉산'이라는 명칭과 병치되어 시적 효과를 높이고 있다.

다음 작품은 창작 노동 과정에 있을 만한, 유쾌한 에피소드를 전해준다.

> 꽃병과 약병 사이 인생이 있다는 '인생의 주소'라는 시 한 편 발표했더니
>
> 누군가 그 작품을 인터넷에 올리고 그걸 본 또 누구가 누구에게 전해줘서 선배와 친구와 그리고 또 후배가 내게로 문자 날려 축하의 말 전하는데 후배는 엄지 척 이모티콘 보내오고 친구는 덤덤하게 축하한단 말 썼는데 애주가 선배님이 내리신 말씀 한 줄 허, 허 꽃병보단 술병이 훨씬 낫지 아차 그러네, 술병이 더 시적이네 술 못 먹어 그렇다는 핑계는 핑계일 뿐
>
> 내 시는 늘 이따위로 2% 모자랐다
>
> -「2%」 전문

「2%」는 시 창작과 관련된 사설조의 재미있는 에피소드지만, 이 속에는 익살과 더불어 화자의 각성覺醒도 들어 있다. 중장에 언급된 서사적 사건과 등장인물의 발화는 생동감을 나타내며 독자로 하여금 작품에 몰입하게 만드는데, 무엇보다도 "꽃병보단 술병이 훨씬 낫지"라는 말에서 웃음을 짓게 하는 것이다.

인생이란 어디에 존재할까. 꽃병과 약병 사이? 아니면, 술병과 약병 사이? '꽃병' 은 꽃이 꽂힌 아름답거나 보기 좋은, 향기로운 것이고, 약병은 아플 때 필요한 것이니, 전자는 인생의 좋은 것과 아픈 것을 의미하겠다. 그렇다면 술병은, 생각하기에 따라 다른데, 벗과 술잔을 기울인다는 측면에서 보면 따뜻한 소재가 되지만, 삶이 힘겹고 버거워 홀로 술병을 부여잡는다고 상상하면 약병만큼 씁쓸한 속내가 흘러나올 듯하니, 후자는 전자와는 다르게 중의성을 띤 표현이 될 수 있겠다. 그렇게 보면, '술병' 이 좀 더 '시적' 인 소재가 되는 걸지도.

인용시의 종장에서는 "내 시는 늘 이 따위로 2% 모자랐다" 라는 고백을 타고 창작 노동 후에 따라오는 부끄러움과 후회 등의 내적 모럴을 내비친다. 그런데 작품 속에서 선배님이 얘기한 '술병' 이라는 말은, 중장에서 그려지는 시적 상황, 요컨대 선배와 후배가 어우러져 담화를 나누는 장면과 중첩되어 또 다른 의미를 낳는다. 마치, 선배와 후배가 모여 술병을 기울이는 훈훈한 만남을 연상케 하는 것이다. 역시, 인생이란 친애하는 사람들과 어울려 빈 술잔 채워주며(화자처럼 술 못 먹으면 다른 음료 마시면서) 웃고 울기도 하고 얘기도 맘껏 하는 그런 맛이 있어야 한다. 채워지지 못한 '2%' 는 그렇게 채우면 될 것이다.

'열심히' 하는 창작 노동으로도 우리의 삶에는 결핍이 남는다. 결핍이란 영원히 채워지지 않는 자아 속 공간이지만, 세 번째 화살이 날아가는 것처럼, 삶의 진실과 미흡한 자기 안의 내적 모럴을 시화하는 것으로 위안 삼을 수 있지 않을까. 그 날것의 내적 모럴을 더듬어보는 독자가 있으므로, 시인은 변함없이 노동을 이어갈 것이다.

잔신, 마무리

세 번의 발시가 있었다. 그리고 우리는 문무학 시인이 쏘아 올린 세 개의 화살이 날아가는 모습을 지켜보았다. 역시,

명중이다.

문무학 시인은 많은 사람이 시를 사랑하게 된다면 세상 또한 많이 달라질 거라 믿었다. 물론 우리가 꿈꾸는 유토피아적 세상은 오지 않는다. 그러나 시인은 "그런 세상이 절대 올 수 없다고 말하지 말고, 올 수 없어도, 또 오지 않아도 시인은, 시인만큼은 그 꿈을 버리지 말고 시를 써야 한"[8]다고 말했다. 이 자세와

의지가 지금의 '문무학文武學' 을 만들었다.

문무학 시인의 시조는 이제, 그만의 영토를 구축한 하나의 '학學' 이 되었다. 시인 스스로 시조에 대한 배움과 고민을 게을리하지 않았고, 좀 더 새로운 것, 좀 더 다른 것, 좀 더 나은 것을 향해 도전과 실험을 멈추지 않았다. 그의 자세가 올바르다. 자세는 마음에서 오는 것. 또한 자세는 지난한 세월과 연습에서 오는 것. 그런 요소가 후배 시인들에게는 오롯한 '학學' 즉, '배움' 이 되는 것이다. 여기 시조 문단에 문무학의 문무학文武學이 있으니, 또 다른 '배움' 의 문이 열렸다. 그의 시조론과 시 세계를 고찰考察할 때가 다가온 것이다. '학學' 이 필요한 자들이여, 그 문을 열어보라.

---

8) 상동.

뜻밖의 낱말

지은이 | 문무학

초판 발행 | 2023년 7월 1일

펴낸이 | 신우철
펴낸곳 | 뜻밖에
출판등록 | 제25100-2021-000005

대구광역시 달서구 문화회관11안길 22-1(2층)
전화_(053) 522-0700 팩시밀리_(053) 554-3433
전자우편_book0700@naver.com

ISBN_979-11-974694-9-7 03810

* 이 책은 2023 대구문화예술진흥원 문학작품집발간 지원으로 발간 되었습니다.